ISABEL CUESTA y DANIEL PÉREZ
Fundadores de www.educaenpositivo.com

Mamá, ¿estoy gorda?

Ilustraciones de MÓNICA CALVO

Papel certificado por el Forest Stewardship Council®

Primera edición: noviembre de 2025

Travessera de Gràcia, 47-49. 08021 Barcelona
Diseño de la cubierta: Penguin Random House Grupo Editorial / Paola Timonet

Printed in Spain – Impreso en España

ISBN: 978-84-488-6329-6
Depósito legal: B-17339-2025

Compuesto por Gemma Martínez Viura
Impreso en Gráficas 94, S. L.
Sant Quirze del Vallès (Barcelona)

BE 6 3 2 9 6

ISABEL CUESTA y DANIEL PÉREZ
Fundadores de www.educaenpositivo.com

Mamá, ¿estoy gorda?

Ilustraciones de MÓNICA CALVO

Beascoa

De niña siempre veía a mi madre a dieta y entendí que estar delgada era sinónimo de amor y de aceptación. Pasé años luchando contra mi cuerpo hasta que mi hija, acariciándome la barriga, me dijo fascinada: «¡Es como *slime*!». Gracias a ella empecé a mirarme con más amor que nunca. Me ayudó a sentirme libre, a dejar de buscar un cuerpo concreto y a priorizar la salud física y mental por encima de todo.

El día que me preguntó «Mamá, ¿estoy gorda?», sentí que era mi oportunidad de sembrar en ella amor y respeto hacia su cuerpo. Fue tan emocionante que, un tiempo después, las dos recreamos juntas aquella conversación y el vídeo se hizo extremadamente viral, con más de 21 millones de reproducciones. Para muchas personas se convirtió en un vídeo sanador, por eso Dani y yo decidimos plasmarlo en este libro. Ojalá más personas aprendan a amar y a respetar el cuerpo que habitan, para crecer sintiéndose libres.

Isabel Cuesta

Mariola llegó triste del colegio y se fue directa a su habitación.

Su madre se dio cuenta de que algo no iba bien, así que llamó a su puerta.

—¿Puedo pasar?

—Sí...

—Te noto triste, ¿estás bien?

—Mamá, ¿crees que estoy gorda? —preguntó Mariola con tristeza.

Su madre se acercó y se sentó a su lado. Respiró hondo, le cogió la mano y con voz serena respondió:

—No te voy a contestar a esa pregunta, ¿sabes por qué?

—¿Por qué? —dijo sorprendida Mariola.

—Porque da igual lo que yo piense, lo que importa es lo que pienses tú. Si te parece bien, voy a hacerte unas preguntas y tú las respondes, ¿vale?

—Vale —contestó ella.

—¿Cuántos tipos de cuerpos diferentes existen en el mundo? —preguntó la madre.

—Hum... Muchos —respondió la hija.

—¿Y quién decide cuáles son válidos y cuáles no?

Mariola se quedó unos segundos en silencio, pensando, y finalmente dijo:

—No lo sé...

—No lo sabes, ¿verdad? Yo tampoco. Fíjate en los colores, por ejemplo. Depende de a quién le preguntes, le gusta uno u otro. A mí me gusta el rosa, pero tu color favorito es el azul.

—Pero que a mí me guste el rosa no quiere decir que a ti también te tenga que gustar, ni que el azul sea un mal color porque no es mi favorito. Hay tantos colores distintos que por eso decimos: «¡Para gustos, los colores!».

JA
JA
JA

—Ahora, mírate bien, de arriba abajo. ¿Qué ves? —preguntó su madre.

—No sé... —respondió ella algo insegura.

—Yo veo unos brazos y unas manos. ¿Para qué los utilizas?

—Para dibujar, escribir, jugar, tocar el piano, hacer cosquillas a mis hermanos...

—¿Y para abrazar?

—¡También! —contestó Mariola con una gran sonrisa.

—Ahora veo tus *piernas* y te pregunto: ¿para qué te sirven?

—Para caminar, correr y saltar. También para montar en bici, patinar y jugar con mis amigos.

—¿Y no bailas con ellas? —le recordó su madre.

—Sí, también las uso para bailar —dijo satisfecha Mariola, mirándose las piernas.

—¿Y para qué te sirve la barriga?

—Pues para que pase la comida y quedarme con los nutrientes que mi cuerpo necesita... También se mueve mucho cuando me río con mis amigas, a veces tanto que hasta me entran agujetas. Cuando tengo un examen importante, siento que la tripa se me encoge de nervios. Y también noto mariposas dentro cuando siento ilusión, alegría, amor...

—Ajá... ¡Qué interesante! Oye, y la cabeza,
¿para qué la utilizas?

—Para pensar, para crear cosas con mi imaginación, para buscar soluciones a los problemas... Y para llevar un peinado bonito... —respondió Mariola muerta de risa.

—¿Y los ojos? —quiso saber su madre.

—Para mirar y ver los colores y las formas de las cosas que me rodean. Me sirven para ver las nubes, las montañas, los ríos, los animales... También para leer libros y vivir historias increíbles a través de sus páginas.

—¿Y la boca?

—Con ella puedo hablar, cantar, silbar, comer y saborear mi helado favorito. Ah, y también puedo soplar un diente de león y pedir un deseo.

—Y la nariz, ¿para qué la usas?

—Para respirar, para oler las flores y tu perfume, mamá... Cuando estoy nerviosa, la utilizo para respirar hondo y despacio, eso me ayuda mucho a tranquilizarme. Ah, y cuando algo huele mal, ¡puaj!, me sirve para alejarme.

—¿Y qué me dices de las orejas?

—Las uso para escuchar a mis amigas, para aprender en clase y para disfrutar de mi música favorita.

—¡Guau! ¿Tu cuerpo es capaz de hacer todo eso? —exclamó la madre con los ojos muy abiertos.

—¡Sí! —respondió Mariola asombrada.

—Y ahora, cariño, ¿qué piensas de tu cuerpo? —volvió a preguntarle su madre.

—Que es perfecto tal y como es —contestó la niña, con absoluta certeza y admiración.

—¿Y qué crees que deberías hacer con él para que siga permitiéndote *vivir y disfrutar* de las cosas que más te gustan?

—¿Cuidarlo? —sugirió Mariola.

—Sí, cuidarlo y respetarlo para que esté sano y siga funcionando tan bien como lo hace ahora. Tu cuerpo te va a llevar a donde quieras ir durante toda tu vida; por eso, debes tratarlo bien y admirar todo lo que hace por ti.

—Pero ¿y si mi barriga sigue sin gustarme? —preguntó Mariola mientras se agarraba la tripa y se miraba el ombligo.

—No tiene por qué gustarte cada parte de tu cuerpo, pero sí debes recordar lo que hace por ti y agradecerlo. Piénsalo, ¿qué harías sin ella?

—¿Sin mi barriga? No podría vivir... —dijo Mariola pensativa.

—... Ahora lo entiendo. Mi cuerpo me permite sentir, moverme y vivir.

¡Gracias, cuerpo!

—¡Gracias, cuerpo! —se unió la madre.

—Mamá, ¿te puedo hacer una pregunta? —pidió Mariola con una sonrisa pícara.

—Claro, dime —respondió su madre.

—¿Puedo utilizar mis brazos para abrazarte? —preguntó al tiempo que los extendía.

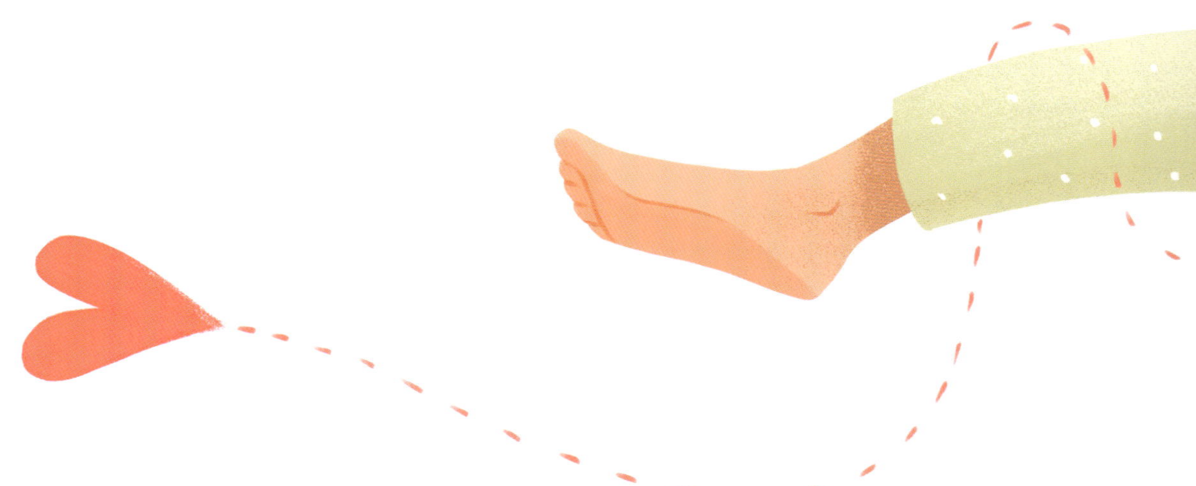

—¡Por supuesto! —contestó su madre, emocionada y orgullosa.

Y fundieron en un abrazo sus cuerpos, esos cuerpos que les permitían vivir y sentir el amor infinito de una madre hacia su hija y de una hija hacia su madre.

CLAVES A TENER EN CUENTA PARA MADRES, PADRES Y EDUCADORES

Quizá te hayas preguntado por qué, cuando Mariola le pregunta a su madre «Mamá, ¿estoy gorda?», ella no le responde con un «sí» o un «no». Esta decisión no es casual y está directamente ligada con nuestra filosofía de educación basada en la psicología adleriana, una corriente desarrollada por Alfred Adler que pone énfasis en el sentimiento de pertenencia, la cooperación y el respeto mutuo como pilares del desarrollo humano y de una buena salud mental.

Por supuesto es más fácil y rápido responder con un «no» rotundo, pero ¿sabes esa sensación de que para tu madre eres perfecta y, por lo tanto, no es objetiva? Además, en el caso de que me crea, ¿quiero de verdad que su seguridad dependa de opiniones externas, incluida la mía? Para nosotros, como padres, tiene más valor formular preguntas, acompañar sus emociones y ayudar a nuestros hijos a sacar sus propias conclusiones.

El valor no está en la apariencia, sino en el ser

En la psicología adleriana, entendemos que el valor de cada persona no depende de cómo se ve, sino del simple —y a la vez grandioso— hecho de ser. Esta corriente parte de la firme idea de que todos somos valiosos por el hecho de existir. Cuando la madre le pregunta a Mariola qué puede hacer su cuerpo por ella —abrazar, bailar, correr, imaginar— la ayuda a reconectar con esa verdad: su cuerpo es un vehículo para vivir, sentir y expresar quién es.

La fuerza de las preguntas

Las preguntas no buscan convencer ni dar respuestas hechas, sino abrir una mirada diferente. Al preguntar, primero demostramos confianza absoluta en que nuestros hijos pueden llegar a encontrar las respuestas adecuadas. En segundo lugar, preguntar «¿Para qué sirven tus manos, tus piernas, tu barriga?», ayuda a sembrar la idea de que cada parte del cuerpo tiene un valor y un sentido, que va mucho más allá de la apariencia. Esto es clave en la educación positiva: cuando los niños llegan a sus propias conclusiones, el aprendizaje se vuelve más auténtico y profundo.

Autoconcepto y motivación intrínseca

Responder con preguntas ayuda a la niña a alcanzar un autoconcepto positivo. Mariola no necesita oir que es «perfecta», sino reconocerse valiosa por todo lo que su cuerpo le permite hacer y sentir. Esta conclusión nace desde la motivación intrínseca (me valoro por lo que soy) y no desde la extrínseca (me valoro solo si otros me aprueban). Esto puede proteger frente a la necesidad constante de validación externa.

Sentimiento de comunidad y autocuidado

Según la psicología adleriana, la autoestima está directamente conectada con el sentimiento de comunidad: es decir, sentir que formamos parte de algo más grande, que somos valiosos y necesarios. Dentro de ese sentimiento también se incluye el respeto y el cuidado de uno mismo. Cuidar de nuestro cuerpo no es una cuestión estética, sino un acto de responsabilidad con aquello que nos permite vivir.

Por eso, en la conversación, la madre procura guiar a su hija a la conclusión de que su cuerpo merece ser cuidado con cariño, porque es el que le permite experimentar, sentir y disfrutar. Respetarse y cuidarse a uno mismo es tan importante como cuidar de las personas a las que queremos.

Nuestra mirada sobre la alimentación

Creemos firmemente que es clave no demonizar alimentos, ni optar por la prohibición, ya que esto solo genera más deseo y culpa. Lo importante es acompañar a los niños para que aprendan a escuchar su cuerpo, respetar sus señales y no usar la comida para evadir emociones incómodas o desagradables.

Como adultos, a veces ofrecemos a los niños comida rápida o dulces para que coman lo que sea, incluso para calmar un desborde emocional o aplacar la tristeza. Pero lo verdaderamente saludable es permitirles sentir incluso las emociones que pueden resultar más desagradables y acompañarlas, en lugar de silenciarlas con comida o con distracciones de cualquier tipo.

Si ya en la infancia enseñamos a nuestros hijos a buscar vías de escape para sentir placer en lugar de tristeza o frustración, entre otras emociones, tendremos el caldo de cultivo perfecto para posibles futuras adicciones y trastornos de la conducta alimentaria.

Educar en la conexión

Este diálogo entre madre e hija es un ejemplo de educación en el que prima la conexión:

- No impone, acompaña.
- No juzga, pregunta.
- No etiqueta, ayuda a observar.
- No niega la emoción, la acompaña.

Así, Mariola no solo se siente comprendida desde la empatía, sino que además aprende a mirarse con gratitud, a valorar lo que su cuerpo le permite vivir y a entender que su valor no depende de la aprobación de otros, ni siquiera la de su propia madre.

Cinco claves para acompañar

1. **Da ejemplo en casa**: los niños aprenden más a través de lo que ven que de lo que les decimos. Cuida tu lenguaje sobre tu cuerpo y tu propia relación con la comida. Las dietas restrictivas con fines estéticos pueden desembocar en un trastorno de la conducta alimentaria.

2. **No uses la comida como premio o castigo**: deja que escuchen sus señales de hambre y saciedad. Los alimentos nunca deben ser una moneda de cambio.

3. **Respeta el cuerpo propio y el ajeno**: evita críticas, comparaciones y también elogios basados en cánones de belleza. Enséñales que no juzgamos los cuerpos de los demás.

4. **Cuida el entorno de las comidas**: pantallas fuera para que tengamos atención plena y podamos escuchar las señales de hambre y saciedad. Conversaciones distendidas y no centradas exclusivamente en la comida. Comer en familia debería ser un momento de conexión emocional.

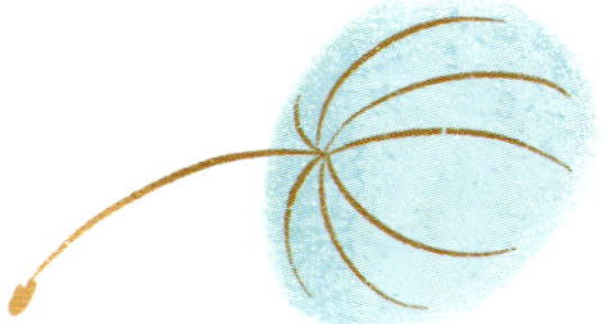

5. **Acompaña las emociones sin recurrir a la comida**: las emociones se contagian; por ejemplo, es normal que sientas tristeza al ver a tu hijo triste y eso te lleve a querer frenar esa emoción como sea. Lo ideal es que atiendas a tu propia tristeza y le des el lugar que merece, así podrás acompañar las emociones de tus hijos. Escucha sin juzgar y ayúdales a poner palabras a lo que sienten.

Conclusión

La madre responde de este modo porque educar no es dar todas las respuestas, sino abrir caminos de reflexión. Al hacerlo desde la psicología adleriana y la educación positiva, podemos sembrar las bases de una autoestima sana, un autoconcepto positivo y un profundo sentimiento de comunidad, así como el respeto hacia el propio cuerpo y el de los demás.

En un mundo que presiona a niños, adolescentes y adultos con cánones irreales o difíciles de alcanzar, es más importante que nunca sembrar semillas de libertad, de amor propio y de respeto hacia el cuerpo y la vida.

¡Gracias, cuerpo!

¡Gracias a ti por formar parte del cambio!

Si este mensaje te ha resonado y quieres aprender cómo acompañar a tus hijos para que se quieran, se respeten y se sientan seguros de sí mismos, te invitamos a descubrir más en: www.educaenpositivo.com